DANIEL DARC

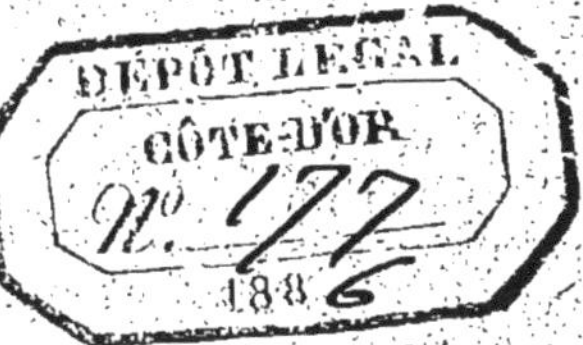

LES RIEUSES

COMÉDIE

EN UN ACTE EN PROSE

PARIS
PAUL OLLENDORFF, ÉDITEUR
28 *bis*, RUE DE RICHELIEU, 28 *bis*

1886

LES RIEUSES

COMÉDIE EN UN ACTE EN PROSE

Représentée, pour la première fois, à Paris, sur le théâtre du VAUDEVILLE, le 27 septembre 1878.

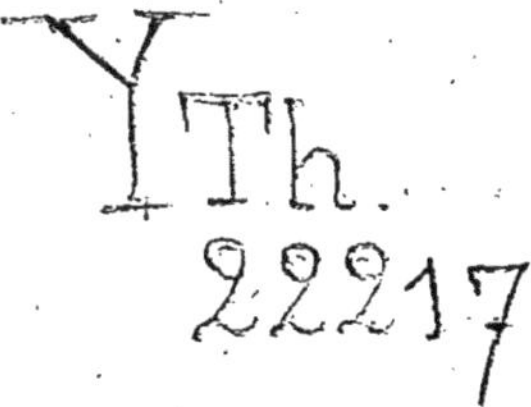

DU MÊME AUTEUR

CANIFS ET CONTRATS, 1 vol. grand in-18. . . . 3 50

UNE AVENTURE D'HIER, 1 vol. grand in-18. . . 3 50

VOILA L'PLAISIR, MESDAMES ! 1 vol. grand in-18 . . . . 3 50

PETIT BREVIAIRE DU PARISIEN, 1 vol. petit in-18, illustré par Regamey . . . . 6 »

SAGESSE DE POCHE, 1 vol. petit in-18 . . . . 4 »

Imprimerie Générale de Châtillon-sur-Seine. — A. Pichat.

DANIEL DARC

LES RIEUSES

COMÉDIE

EN UN ACTE EN PROSE

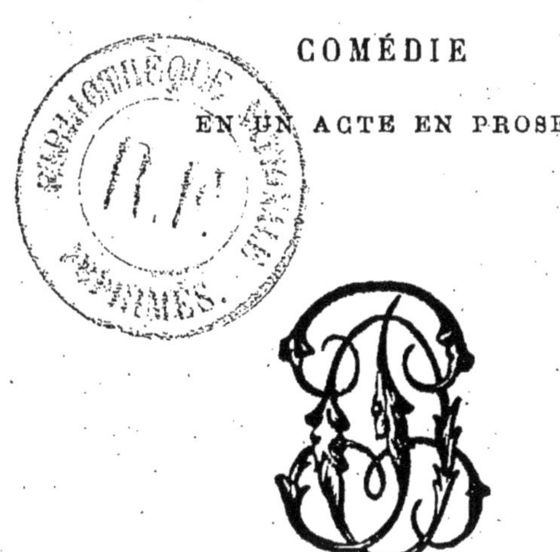

PARIS
PAUL OLLENDORFF, ÉDITEUR
28 *bis*, RUE DE RICHELIEU, 28 *bis*

1886

PERSONNAGES

MAURICE.	M.	DIEUDONNÉ.
ÉDITH.	Mlle	BLANCHE PIERSON.
ANDRÉE.	Mlle	BARTHET.
FRANCINE, femme de chambre . . .	Mlle	KALB.

A

M. RAYMOND DESLANDES

Hommage reconnaissant de l'auteur

DANIEL DARC.

LES RIEUSES

La scène représente un boudoir élégant.

SCÈNE PREMIÈRE

FRANCINE, seule.

Elle est à la fenêtre secouant un tapis. — Tout à coup, elle le laiss tomber, et part d'un éclat de rire.

Ah ! saperlipopette !... Mon tapis qui est tombé sur le nez d'un monsieur qui descendait de voiture... Ah ! ah ! ah ! Il fait une drôle de tête !... Il se secoue comme un chien mouillé... Ah ! ah ! Il m'a vue !... Il est furieux... rendez-moi mon tapis, monsieur !... Au premier, au-dessus de l'entresol... La porte à droite !...

Elle se laisse tomber sur une chaise en riant toujours.

SCÈNE II

FRANCINE, MAURICE, sonnant au dehors avec violence.

FRANCINE, riant toujours et allant ouvrir.

On y va... on y va.

MAURICE, le tapis à la main et saisissant Francine à la gorge.

C'est toi, petite misérable !...

FRANCINE.

Lâchez-moi, monsieur... Voulez-vous bien me lâcher ! (Reconnaissant Maurice.) Monsieur Maurice !...

MAURICE, toujours furieux, mais la lâchant.

Tiens ! Francine !

FRANCINE.

Monsieur Maurice !

MAURICE.

Moi-même !...

FRANCINE.

Quoi, monsieur, c'est sur vous ? (Riant.) Ah ! ah ! ah ! En voilà une chance !

Elle lui prend le tapis des mains.

MAURICE, se récriant.

Comment ! une chance ?

FRANCINE.

Bien sûr... Si ça avait été un inconnu... un passant... Il y a des ordonnances de police... Au lieu que vous, une connaissance... un ami...

MAURICE.

Merci de la préférence !

FRANCINE, prenant la brosse et brossant Maurice.

C'est égal !... Si vous saviez quel bon ahuri vous faisiez... lorsque vous avez reçu... Ah ! ah ! ah !

MAURICE.

Ne ris donc pas comme cela... Tu m'agaces !...

FRANCINE, riant.

C'est plus fort que moi... C'est la rate !

MAURICE.

Tu n'es donc plus chez madame de Réaumur ?

FRANCINE.

Depuis six mois... Et tenez, parce que je lui ai ri au nez, comme à vous tout à l'heure... Et cependant il y avait de quoi... Vous savez que madame de Réaumur a toujours eu un faible pour l'uniforme ?

MAURICE, allant vers la cheminée.

Oui, je sais... Elle se met volontiers sous la protection de l'armée.

Il revient sur la scène, prend la brosse et brosse son chapeau.

FRANCINE.

Si bien qu'un soir, pendant que j'étais en courses, madame avait reçu un jeune officier d'état-major avec lequel elle était au mieux... Mais ne voilà-t-il pas que pendant qu'elle causait... artillerie, avec lui, le colonel en exercice, sonne... L'officier n'a que le temps de se fourrer dans un placard, et son *supérieur*, se met à parader gaiement auprès de madame. — Moi, qui ne savais pas le premier mot de l'affaire, moi qui croyais madame seule... j'arrive, j'entre, je vais droit au placard prendre un jupon, et je découvre... le factionnaire ! Et, ma foi ! ils faisaient tous les trois une si drôle de figure, que, malgré moi, je riais... je riais à me tordre !... Et voilà pourquoi madame m'a flanquée à la porte...

MAURICE.

Ça t'apprendra à économiser ta rate.

Il lui rend la brosse.

FRANCINE.

Oh ! je ne regrette rien... Je suis très bien ici.

Elle va reporter la brosse.

MAURICE.

Chez un vieux garçon ?

FRANCINE.

Non ! Chez une dame.

MAURICE.

Seule ?

FRANCINE.

Seule !

MAURICE.

Jolie ?

FRANCINE.

Très jolie.

MAURICE, alléché.

Elle est là ?

FRANCINE.

Non. Elle est sortie.

MAURICE.

Est-ce que ?... on pourrait ?

FRANCINE.

Non... non... Rien à faire pour monsieur. Pas de placards dans la maison.

MAURICE.

Mauvaise installation !

FRANCINE.

Mais comment se fait-il que monsieur soit descendu de voiture à notre porte ? Monsieur connaît donc quelqu'un ici ?

MAURICE.

Je suis à la recherche d'une jolie femme, Francine !

FRANCINE.

Qui habite ?

MAURICE.

Cet immeuble, — j'ai tout lieu de le croire. Mais tu vas pouvoir me renseigner toi... Tu dois connaître tous les locataires ?

FRANCINE.

De vue au moins... On se rencontre dans les escaliers... Comment est la personne ?

MAURICE.

Ah ! voilà... C'est assez difficile... Je n'ai fait que l'entrevoir... dans une fête masquée chez la princesse d'Aranda. Une princesse... en aluminium.

FRANCINE.

Comment pouvez-vous savoir si la dame est belle ou laide, puisqu'on était masqué !

MAURICE.

Bon ! Une femme qui se sait jolie, trouve toujours moyen de ne pas le laisser ignorer.

FRANCINE.

Ça c'est vrai !

MAURICE.

Et celle-là est si femme, Francine !... Elle vous fait des coquetteries, presque des avances... On croit la tenir, et elle vous glisse entre les doigts,

FRANCINE, clignant.

Une anguille !

MAURICE.

Elle se dérobe en riant... Elle rit toujours !

FRANCINE, riant.

Comme moi.

MAURICE.

Non... Pas d'un rire bête comme le tien... Mais d'un rire sonore, étincelant, narquois... endiablé !... Un rire qui vous provoque et qui se moque de vous ! Connais-tu l'ancien répertoire ?

FRANCINE, ouvrant de grands yeux.

L'ancien répertoire ? Connais pas.

MAURICE.

N'importe. — Dans l'ancien répertoire, cette femme-là s'appelle Célimène.

FRANCINE, riant.

Célimène... Drôle de nom !

MAURICE, continuant.

Et dans un vers de Virgile... Connais-tu Virgile ?

FRANCINE.

Je le connais de nom..., mais je n'ai jamais eu de rapports...

MAURICE.

Elle s'appelle Galathée.

FRANCINE.

Enfin, si j'ai bien compris, c'est une femme qui vous promet plus de confitures que de pain...

MAURICE.

Tu y es... Ah! Francine! Je donnerais tout au monde pour la retrouver!

FRANCINE.

Ma foi, monsieur, je ne vois pas ça dans la maison.

MAURICE.

Et moi je te dis qu'elle doit habiter ici... Du reste, je vais m'en assurer... parcourir tous les étages... Je me ferai passer pour un employé au recensement : le recensement des femmes qui rient... Au revoir, Francine!

FRANCINE, passant derrière le guéridon, à gauche.

Bonne chance, monsieur!

MAURICE, revenant sur ses pas.

Alors tu crois qu'il n'y a rien à grappiller ici?

FRANCINE, riant.

Ils sont trop verts...

MAURICE.

Tu me dis cela parce que ta maîtresse est hideuse... Je suis sûr que c'est un monstre?

FRANCINE.

Un monstre... madame! Une odalisque, Monsieur! Tenez, voilà sa photographie... (Elle ouvre un album.) Regardez-moi ça!

MAURICE, après un coup d'œil et enlevant l'album.

Ah! mon Dieu!

FRANCINE.

Quoi donc?

MAURICE.

C'est elle, Francine! Mon inconnue!

FRANCINE.

La dame aux confitures... Madame Édith Meyral... Ah! ah! ah!

MAURICE.

Elle s'appelle Édith Meyral... précieuse découverte, Francine!... Et comme je te remercie de m'avoir jeté ton tapis sur la tête!... (Regardant de nouveau la photographie.) Oui, oui, c'est bien elle, avec son sourire de lutin en rupture de paradis... (Embrassant le portrait.) Tiens! tiens!... En attendant mieux.

FRANCINE.

C'est une cervelle frite!

MAURICE.

Enfin je la retrouve!... (S'agenouillant sur le fauteuil.) Parle-moi d'elle, Francine... Dis-moi sa position sociale... Raconte-moi sa légende... Je serai plein d'indulgence. Que fait-elle? Avec qui est-elle?

FRANCINE, indignée.

Comment, avec qui elle est? Mais avec personne, monsieur. Madame est veuve!

MAURICE.

Aux camélias, ma petite Francine! aux camélias!...

FRANCINE.

Aux camélias si vous voulez, mais tout ce qu'il y a de plus veuve.

MAURICE.

Combien de fois?... (Francine hausse les épaules.) Voyons, Francine! pas de bêtises... Tiens! voici dix francs.

Il les montre sans les donner.

FRANCINE, guignant les dix francs.

Je vous jure, monsieur, que madame est la vertu même.

MAURICE.

Allons donc! une vertu qui soupe chez la princesse d'Aranda.

FRANCINE.

Je ne connais pas cette princesse-là, mais je puis assurer à monsieur...

MAURICE, poursuivant son idée.

Et ce mobilier des mille et une nuits... Ce boudoir capitonné... Ces photographies... multiflores... Judic... Théo... Granier... (Prenant une pipe sur un meuble.) Et ceci? Me diras-tu que c'est ta maîtresse qui cultive cet instrument?

FRANCINE.

La pipe de l'amiral... l'oncle de madame...

MAURICE.

Son oncle! Un oncle de comédie... Un oncle à tiroirs... à tiroirs... Le mot y est... L'amiral de la *Vie parisienne*... Tiens! avoue. (Il reprend de l'argent.) Voici quinze francs!

FRANCINE, tendant la main.

Enfin, monsieur, je ne puis pourtant pas...

MAURICE.

Avoue que ta maîtresse est une cocotte!

FRANCINE.

Une cocotte! Madame!... Ah! ah! ah!

MAURICE.

Une cocotte de la haute!... mais une cocotte! Tiens, voilà cent sous de plus!

Il les lui tend sans les lâcher tout de suite.

FRANCINE, affriandée.

Cent sous de plus, pour dire que madame est une cocotte... Je veux bien moi, monsieur... puisque ça vous fait plaisir, madame est une cocotte comme on n'en voit guère, madame est une cocotte comme on n'en voit pas. Êtes-vous content?

MAURICE, lui donnant l'argent.

Tu es une brave fille!... Je te doterai si je réussis auprès de ta maîtresse.

On entend sonner.

FRANCINE, courant au fond.

La voici... Allez-vous-en!...

MAURICE.

Par exemple! Je reste!

FRANCINE, effrayée, s'arrêtant.

Vous voulez?

MAURICE.

Je l'ai bien gagné.

FRANCINE, à demi-voix.

En ce cas, monsieur, un conseil : madame est très susceptible... très chatouilleuse... Si vous voulez qu'elle ne vous mette pas à la porte au premier mot : de la tenue... des égards... et pas de cascades!...

MAURICE.

Sois tranquille, Francine! On a du monde.

On entend sonner de nouveau.

FRANCINE.

Me voici, madame!

SCÈNE III

LES MÊMES, ÉDITH, MAURICE, un peu à l'écart.

ÉDITH, entrant.

Mais vous ne m'entendez donc pas, Francine, je sonne depuis une demi-heure!

FRANCINE.

Madame m'excusera... Je suis un peu dure d'oreilles... quand le baromètre est à la pluie.

ÉDITH, ôtant son chapeau et son pardessus.

Débarrassez-moi... Impossible de trouver une loge aux Français... moi qui avais tant envie d'y aller ce soir!... (Apercevant Maurice, et à Francine.) Mais vous ne me dites pas?...

Maurice s'incline. Édith rend légèrement le salut.

FRANCINE, avec un peu d'embarras.

Monsieur attendait madame... Une affaire très importante...

ÉDITH, achevant de lui donner ses effets.

Ah!... Emportez tout ceci.

FRANCINE.

Oui, madame. (Bas à Maurice.) Pas de bêtises!... (A part, s'en allant.) J'aurai l'œil.

Elle sort à droite.

SCÈNE IV

MAURICE, ÉDITH.

ÉDITH.

Puis-je savoir, monsieur?...

MAURICE, gaîment.

Comment, madame, vous ne me reconnaissez pas?

ÉDITH.

Non, monsieur, pas du tout!...

MAURICE.

Regardez-moi bien... Rassemblez vos souvenirs!

ÉDITH.

Je n'ai aucune idée...

MAURICE.

Oh! femmes!... Êtres légers, ondoyants et fugaces!... Étrange composé d'azur, de neige, de soleil et de poudre de riz... on vous recherche... on vous adule... on vous dédie des tragédies... on grelotte sous vos balcons... on meurt à vos pieds... et vous passez indifférentes, oublieuses... invulnérables... secouant tous ces souvenirs sur votre route, comme les roses de votre corsage dans une nuit de bal.

ÉDITH, riant.

C'est à moi, monsieur, que ce discours s'adresse ?

MAURICE.

Certainement, madame. Comment ! vous ne vous rappelez pas que nous avons passé toute une nuit ensemble ?

ÉDITH, suffoquée.

Hein ?

MAURICE.

Une nuit... blanche, madame... Oh ! d'une entière blancheur... La nuit du 15 février.

ÉDITH, avec un sourire.

Attendez donc... Chez la princesse d'Aranda !

MAURICE, déclamant.

Oh, Dieux, soyez bénis ! La mémoire lui revient.

ÉDITH, riant.

Ah ! ah ! ah ! La bonne soirée !...

MAURICE.

Vous étiez en domino gris-perle, avec des nœuds mauves sur toute la ligne... (Édith approuve de la tête en riant toujours à chaque détail. Maurice continue avec une chaleur croissante.) Au souper, un hasard heureux m'avait placé auprès de vous, et de minuit à deux heures du matin, vous avez, sous mon regard attendri, grignoté des truffes au champagne avec un entrain... Heureuses truffes !...

ÉDITH, s'asseyant à gauche, et gaîment.

En effet, monsieur, je vous reconnais maintenant. Vous étiez mon voisin de gauche... très empressé, fort aimable...

MAURICE, s'asseyant aussi.

Pas assez, madame... puisque, malgré mes prières, vous vous êtes refusée à me dire qui vous étiez ? Et lorsqu'après le souper, en vous reconduisant à votre voiture, je vous suppliais une dernière fois, vous m'avez jeté dans un sourire... et par la portière... Ce mot railleur qui ressemblait à un défi...

ÉDITH, coquettement.

« Cherchez »... Je mé souviens !

MAURICE, avec feu.

Cherchez ! c'est-à-dire : Ne pensez plus qu'à moi... N'ayez ni trêve ni repos, que vous n'ayez trouvé le mot de cette énigme vivante et charmante !... Interrogez... Soudoyez... Mettez en campagne les plus fins limiers de la maison Tricoche... Battez les pavés, sondez les boulevards, fouillez les théâtres, les bals, les restaurants... ayez la fièvre, ne mangez pas... ne dormez plus... Cherchez ! cherchez...

ÉDITH, très gaie.

Et vous avez suivi de point en point le programme ?

MAURICE.

A la lettre, madame ? Depuis six semaines on n'a vu que moi, dans le monde où l'on s'amuse, au bois, aux courses, à l'Eden...

ÉDITH, ironiquement.

Au rendez-vous de noble compagnie !

MAURICE.

Hélas ! c'était chercher une aiguille dans...

ÉDITH, avec une moue, l'interrompant.

Ah ! la comparaison...

MAURICE, se reprenant.

Pardon ! Une perle... dans l'océan parisien.

ÉDITH.

J'aime mieux celle-ci.

MAURICE, continue.

Bref, je commençais à désespérer, lorsqu'un matin, en mettant la main dans la poche de mon gilet, j'en tirai le fil d'Ariane.

Il montre un petit papier.

ÉDITH, étonnée.

Un numéro de voiture ?

MAURICE.

Oui, madame... Celui que vous m'aviez confié vous-même, pour faire appeler votre cocher... Le 3333 !...

ÉDITH, sans comprendre.

Eh bien ?

MAURICE.

Muni de cette précieuse indication, je me suis transporté à la Compagnie générale... J'ai demandé le cocher, je l'ai trouvé... abreuvé... interrogé...

ÉDITH, riant.

Une véritable enquête...

MAURICE.

Le misérable avait oublié votre adresse... Seulement, il m'assura que s'il passait dans votre rue, il reconnaîtrait votre porte, à cause d'un cabaret situé à quelques pas !... C'était un faible espoir, je m'y cramponnai. Je pris le fiacre à l'année, et pendant sept jours, madame, je parcourus au pas et le nez au vent, tous les quartiers de Paris. Enfin, après soixante-dix heures de course, le numéro 3333 m'arrêta rue Mogador, 16 bis, au moment où votre femme de chambre, en secouant un tapis par cette fenêtre, le laissait providentiellement tomber sur mon chapeau.

ÉDITH, se contenant pour ne pas trop rire.

Comment, monsieur !... vous avez reçu ?

MAURICE.

En plein, madame, en plein !... Mais je ne le regrette pas !

ÉDITH.

Et pourquoi ?

MAURICE, se levant brusquement.

Vous ne le devinez pas, madame ? Mais depuis ce souper fantastique, ma vie n'est plus qu'un bal masqué... Votre domino gris-perle ne me laisse pas un moment de répit... Il miroite devant mes yeux... Il me lutine... Il me poursuit... Il m'étreint dans ses replis incandescents... C'est le domino de Nessus...

ÉDITH, d'un petit air sournois.

Quoi ! réellement, monsieur... la blessure est si profonde ?

MAURICE, à part.

Elle s'attendrit. (Haut.) Depuis que je vous connais, madame... plus de sommeil .. plus d'appétit... plus rien...

ÉDITH, d'un air apitoyé.

Ah ! pauvre jeune homme !...

MAURICE.

Je vous aime, madame !.., Je vous adore... Je...

ÉDITH, l'interrompant.

Comme cela, tout d'un coup?... pour quelques instants passés auprès de moi ?...

MAURICE.

L'amour, coup de foudre !

ÉDITH, jouant la naïveté.

C'est terrible !... une étincelle?...

MAURICE.

Et ça flambe. Je suis en combustion ?

ÉDITH.

Vous m'effrayez... Tant de privations... de sacrifices...

MAURICE.

Méritent une récompense ?

ÉDITH, finement.

Honnête ?

MAURICE.

Ah ! madame, je puis donc espérer ?

Il tombe aux pieds d'Edith qui part d'un éclat de rire.

ÉDITH, riant et allant se jeter sur le canapé à droite.

Ah ! Ah ! Ah !

MAURICE, un peu désappointé, se relevant.

Hum !... Elle rit !... (Haut.) Vous riez, madame !... C'est cependant très sérieux...

ÉDITH, riant toujours.

Oh ! tout ce qu'il y a de plus sérieux !... En effet !... car... je vous vois aujourd'hui pour la seconde fois... et... (Se relevant.) je ne vous connais pas... pas même de nom...

MAURICE.

C'est juste, madame... C'est trop juste. (Saluant et faisant le geste de se présenter.) Permettez-moi de vous présenter mon meilleur ami : Monsieur Maurice... (Il s'arrête et reprend vivement.) Adrien Maurice, vingt-huit ans... principes faciles, caractère assorti, fortune indépendante... exerçant, à ses moments perdus, la profession d'avocat.

ÉDITH, railleuse.

Sans portefeuille?...

MAURICE.

Jusqu'à présent... mais nul ne peut répondre du lendemain... Je puis tout comme un autre, devenir un jour ministre.

ÉDITH.

Vous voulez dire... ministre d'un jour?

MAURICE.

En attendant, mon ambition serait satisfaite, si j'obtenais seulement ici, le ministère des grâces...

ÉDITH, moqueuse.

Ah ! très joli... un peu fade... mais très joli... Eh bien, monsieur Maurice, je reçois tous les mardis...

MAURICE, *à part.*

Les mardis de madame!...

ÉDITH.

Faites-vous présenter par un ami commun et je serai charmée de vous recevoir.

MAURICE, *à part.*

Grand chic! (*Haut.*) Alors, madame, vous exigez un répondant?... Comme dans les maisons de banque.

ÉDITH.

Une seule signature, bien cotée dans le commerce... des relations parisiennes ..

MAURICE.

Je me soumets, madame... je m'incline... Je vais chercher l'ami commun, le trait d'union, la couverture... comme on dit à la Corbeille!... (*Revenant sur ses pas.*) Mais, songez-vous que c'est aujourd'hui mercredi et que vous me renvoyez à huitaine! Je me sens incapable d'attendre jusque-là... Que diriez-vous, si, d'ici à mardi, je trouvais un moyen de vous revoir?...

ÉDITH, *souriant.*

Mon Dieu... Si le moyen est ingénieux... et de bon goût.

MAURICE.

J'y tâcherai, madame!

ÉDITH.

Vous vous êtes déjà mis en frais de voiture. Mettez-vous à présent, en frais... d'imagination.

Elle sonne, Francine paraît à gauche.

MAURICE, *saluant.*

Madame!

ÉDITH, *saluant Maurice.*

Francine, reconduisez monsieur!

MAURICE, *à part.*

Une tenue... à s'y tromper... si l'on n'était averti!... (*Haut et saluant.*) Madame!

FRANCINE, bas à Maurice.

Vous êtes content?

MAURICE, bas à Francine.

Enchanté!...

Il sort.

SCÈNE V

ÉDITH, FRANCINE.

Aussitôt que Maurice a disparu, Francine éclate d'un rire bruyant, qui gagne Édith.

ÉDITH, riant.

Vous avez écouté... Vous!

FRANCINE, riant.

Pardine! Le domino de Nessus...

ÉDITH, de même.

Plus d'appétit!... plus de sommeil!...

FRANCINE, de même.

Plus rien!

On entend sonner.

ÉDITH.

On a sonné, Francine! voyez donc.

Francine sort.

ÉDITH, un instant seule.

Quel écervelé!... Mais au moins, celui-là est amusant...

FRANCINE, rentrant avec une carte sur un plateau.

Une dame à qui madame a donné un rendez-vous : voici sa carte.

ÉDITH, prenant la carte et y jetant les yeux.

Andrée Taverny... Vite! vite! qu'elle entre!...

Francine disparaît de nouveau, ramène Andrée, et sort.

SCÈNE VI

ANDRÉE, ÉDITH.

ANDRÉE, entrant et courant embrasser Édith.

Chère Édith! que c'est bon de se revoir, après quatre années, sans nouvelles l'une de l'autre!

ÉDITH.

Nous qu'on appelait à la pension, les Inséparables.

ANDRÉE.

La vie est ainsi faite... On se quitte avec effusion... on se promet de se retrouver dans le monde, et d'y faire revivre les tendresses du couvent...

ÉDITH.

Et l'on est des années sans se rencontrer... sans même s'écrire...

ANDRÉE.

Et il ne faut rien moins que la reprise de l'*Africaine* à l'Opéra...

ÉDITH.

C'est pourtant vrai!... Heureusement le grand escalier est là... En le descendant, je sens un petit pied se poser en conquérant sur ma traîne... Je me retourne : deux cris partent en même temps... Le pied appartenait à ma meilleure amie : Andrée Taverny!

ANDRÉE.

Je t'avais promis de venir t'embrasser dès aujourd'hui et me voilà... Que de choses nous avons à nous raconter! car, hier, à peine avons-nous eu le temps d'échanger nos adresses...

ÉDITH, s'asseyant avec Andrée à droite.

Assieds-toi là, et causons... Ainsi, tu t'es mariée?...

ANDRÉE.

Presque au sortir du couvent...

ÉDITH.

Un mariage de convenance?

ANDRÉE.

Non, un mariage d'inclination.

ÉDITH.

Alors un ménage de tourtereaux?

ANDRÉE, *avec une nuance de précipitation.*

Absolument... Mais parlons de toi... Que fais-tu? comment vis-tu? Qu'es-tu devenue?

ÉDITH, *d'un ton gai.*

Moi, je suis devenue veuve.

ANDRÉE, *surprise.*

Oh! tu me dis cela d'un air...

ÉDITH.

Qui ressemble un peu à une chanson... C'est vrai... Mais ce n'est pas avec toi, que j'afficherai des regrets hypocrites.

ANDRÉE.

Alors, ton veuvage?

ÉDITH.

Une délivrance, ma chère!... Un affranchissement!... Figure-toi que j'avais épousé, par ordre, un prétendu savant... un être gourmé, prétentieux, solennel... Traitant la femme, comme une plante ou un insecte... avec moins d'égards, assurément. Fuyant le monde, enfermé dans ses idées... Et quelles idées!... La reproduction des grenouilles par des procédés artificiels!...

ANDRÉE, *riant.*

Pauvre chère mignonne!

ÉDITH.

Enfin, me vois-tu, avec mes goûts, mes aspirations, réduite à être l'ornement stérile d'un laboratoire?... Pendant trois ans, ma chère, j'ai porté la coupole de l'Institut sur mes épaules... Enfin, tu me comprends?... je respire!

ANDRÉE.

Et tu jouis de ta liberté?

ÉDITH, avec explosion.

A pleins poumons... Je m'épanouis... Je voltige dans un rayon de soleil... Songe donc! Je n'ai plus d'autre maître que mon caprice... d'autre guide que ma fantaisie... d'autre loi que mon bon plaisir! Cet hiver, après avoir épuisé consciencieusement toutes les nuances de l'arc-en-ciel du veuvage, du noir le plus noir jusqu'au mauve le plus rosé, j'ai fait ma rentrée, ou plutôt mon entrée, dans le monde, et dût rougir ma modestie, je te confesse que ce fut une entrée à sensation...

ANDRÉE, affectueusement.

Quoi de plus naturel!

ÉDITH, se levant et allant jeter au feu la carte qu'elle tient encore.

C'est possible! Mais moi qui vivais dans un bocal, je suis toute fière... tout heureuse de ces succès qui me mettent en lumière... de ces hommages qui me font cortège, et qu'un mot, un regard, un sourire, font tourbillonner autour de moi...

ANDRÉE.

Coquette!

ÉDITH, avec malice et revenant s'accouder au canapé, derrière Andrée.

Ma chère, lorsque Dieu eut créé l'homme, il avisa dans un coin, le diable qui se frottait les mains,et cela le rendit pensif... Alors il inventa la femme, et, pour arme, lui donna la coquetterie... C'est ainsi que l'équilibre entre le Créateur et la créature a été maintenu...

ANDRÉE, avec un sourire.

D'où il résulte qu'en multipliant les adorateurs dans ton salon, tu accomplis une mission providentielle?

ÉDITH, revenant en scène.

Parfaitement. Je t'avouerai même que ce genre d'économie politique m'amuse prodigieusement... J'éprouve un plaisir de collectionneur, à grouper autour de moi toutes les variétés connues d'amoureux, depuis le ténébreux à l'œil fatal, devenu très rare, jusqu'au futur notaire, cravaté de blanc, qui me « minute » son amour sans tourner la tête, de peur de casser son col !...

ANDRÉE, riant et se levant.

Est-ce que tu les empailles ?

ÉDITH.

Nenni. Je les fais sécher... sur pied. — C'est beaucoup plus drôle.

ANDRÉE.

Pauvres gens !

ÉDITH.

Oh ! ne les plains pas trop, je t'en prie !... Jusqu'à présent, mes terribles séductions n'ont exercé que des ravages sans gravité... Ah ! si, cependant, j'oubliais. Il paraît que j'ai fait dernièrement une conquête tumultueuse...

ANDRÉE.

Pourquoi, tumultueuse ?

ÉDITH.

Parce qu'elle est tombée, comme la foudre, ce matin dans ce boudoir, sous la forme d'un aimable extravagant, que j'avais rencontré, il y a quelques semaines, chez la princesse d'Aranda.

ANDRÉE.

La princesse d'Aranda ! Cette Italienne qui se fait remarquer au bois, par le luxe de ses équipages ?...

ÉDITH.

Justement.

ANDRÉE.

La même dont parlent souvent les journaux ?

Édith fait signe que oui. Andrée ajoute avec surprise :

Tu connais cette personne-là ?

ÉDITH.

Bon ! Je sais ce que tu vas me dire. C'est un salon un peu...

Elle cherche.

ANDRÉE.

Un peu mêlé, si j'en crois les racontars...

ÉDITH.

On exagère... Ce n'est pas tout à fait notre monde... mais ce n'est pas encore... l'autre...

ANDRÉE, avec un sourire.

Un salon frontières ?...

ÉDITH, riant.

Frontières... naturelles.

ANDRÉE.

C'est précisément pourquoi je m'étonne de t'y voir aller.

ÉDITH, se récriant.

Oh mais... Je n'y vais pas, ma chère... J'y suis allée une fois, par curiosité.

ANDRÉE.

En touriste ?

ÉDITH.

Tu l'as dit. — Et dans un incognito ! Un fiacre, un masque, et pas même de cavalier... Je me méfie des confidents...

ANDRÉE, riant.

Cela n'a pas empêché le monsieur tumultueux de...

ÉDITH, l'interrompant.

C'est tout un poème, ma chère... Un poème en soixante-dix heures... Il a dépisté le cocher qui m'avait conduite, et l'un traînant l'autre, ils sont arrivés à retrouver ma demeure.

ANDRÉE.

Ce n'est pas si sot. — Et que te voulait cet intrépide promeneur ?

ÉDITH.

Tout simplement me dire qu'il ne pouvait plus se passer de moi... Vivre sans moi... (Elle rit.) Une déclaration en règle...

ANDRÉE.

Et que lui as-tu répondu?

ÉDITH.

Mon Dieu! Il s'est présenté d'une façon si plaisante!... Il m'a fait l'aveu de « sa flamme » dans une forme si inattendue... Je n'ai pas eu le courage de me fâcher... Je l'ai congédié en riant.

ANDRÉE.

Toujours la même... Prends garde! Il ne faut pas badiner...

ÉDITH.

Ah! ma chère... Le rire! Quelle ressource! et quelle arme!... Quelle ressource, contre les imbéciles qu'il met en fuite... quelle arme, contre les soupirants importuns ou dangereux, qu'il déconcerte et qu'il éconduit... Un de ces empressés rôde autour de moi. Il m'accable d'œillades et de madrigaux: je ris... Il essaie de devenir plus pressant... Je ris encore... Il proteste qu'il m'adore, et tombe à mes pieds... Je l'y laisse en riant toujours... C'est sans réplique!

ANDRÉE, *pensive.*

Oui, tu as raison... Le rire a sa vertu.

ÉDITH, *gaiment, allant arranger les fleurs d'un bouquet à gauche.*

Il a la nôtre, d'abord... qu'il sauvegarde...

ANDRÉE, *continuant.*

Et s'il peut donner le change à des émotions légères et superficielles, il sert aussi, quelquefois, à masquer des émotions profondes et douloureuses... Une femme vit dans un intérieur troublé... Son mari la délaisse... Elle souffre, mais elle ne veut pas que le monde soit confident de ses chagrins... elle se fait un visage enjoué, rayonnant... Elle rit!... Elle rit de ce rire nerveux, saccadé, mouillé de larmes, auquel la galerie se laisse prendre. — Et chacun de s'écrier : Comme elle est joyeuse !... et comme elle porte bien son bonheur !...

Elle rit nerveusement.

ÉDITH, surprise.

Tu dis cela d'un ton... Est-ce que tu ?...

ANDRÉE, avec la même gaîté factice.

Moi ! par exemple ! Je suis la plus fortunée des épouses...

ÉDITH, à part, d'un ton de doute et observant Andrée.

Elle n'a pas l'air très convaincue !...

ANDRÉE, poursuit de même que précédemment.

J'ai un mari que toutes les femmes m'envient... Un mari jeune... élégant... spirituel... passé maître en l'art de plaire... ni ombrageux, ni despote — jaloux de son indépendance, mais respectueux de ma liberté — agissant à sa guise, mais me laissant vivre à ma fantaisie, et sachant habilement concilier le décorum du ménage, avec les traditions faciles de la vie de garçon.

ÉDITH.

Un mari garçon !... As-tu de la chance ! Voilà le mari qu'il m'aurait fallu !...

ANDRÉE.

Ah ! certes... et tu ne te doutes pas des joies dont tu es privée...

Elle rit de nouveau plus amèrement.

ÉDITH, attachant une fleur au corsage d'Andrée.

Tu me présenteras ton mari, hein ?

ANDRÉE.

Désigne-moi un jour... Je tâcherai de l'avoir à dîner...

ÉDITH, gaiement.

C'est cela ! nous l'inviterons ! par lettre. (Voyant Andrée qui rattache son écharpe pour partir.) En attendant, si tu étais bien gentille, tu me donnerais ta soirée ?

ANDRÉE.

Impossible aujourd'hui... je suis attendue. J'ai promis aux Brizerolles. Il y a ce soir chez eux, une séance de musique... Un quatuor...

ÉDITH.

De Beethoven ?

ANDRÉE, avec un soupir expressif.

Non... de M. Brizerolles.

ÉDITH, très compatissante.

Pauvre amie !

ANDRÉE, souriant.

Il y a des quatuors qu'il faut savoir s'imposer...

SCÈNE VII

ÉDITH, ANDRÉE, FRANCINE.

FRANCINE.

Madame ! Madame ! (Elle rit.) Eh ! Eh ! Eh !

ÉDITH.

Qu'y a-t-il ?

FRANCINE, d'un air mystérieux.

La personne de ce matin !

Elle rit.

ÉDITH.

Quelle personne ?

FRANCINE.

Ce jeune homme si farce !... Madame sait bien ?... Monsieur Maurice !

ÉDITH.

Encore ?

ANDRÉE, à part.

Maurice ?

ÉDITH.

Je n'y suis pas... Je suis sortie...

FRANCINE, embarrassée.

C'est que...

ANDRÉE, à Édith.

Tu connais un monsieur Maurice, toi ?

ÉDITH.

Je le connais — sans le connaître... C'est justement le fou dont je te parlais... L'amoureux aux 70 heures...

ANDRÉE, à part.

Maurice ! La princesse d'Aranda ! C'est bizarre...

ÉDITH, à Francine.

Eh bien ! que faites-vous là ? Ne m'avez-vous pas entendue ?

FRANCINE, à Édith, riant niaisement.

C'est que... Eh ! Eh ! Eh !

ÉDITH, impatiente.

C'est que quoi ?

FRANCINE.

J'ai dit que madame était à la maison.

ÉDITH.

On n'est pas sotte comme cette fille !...

FRANCINE.

Dame ! M. Maurice m'a assuré qu'il venait faire le bonheur de madame... Je ne pouvais pas empêcher madame d'être heureuse, moi !

ÉDITH, haussant les épaules.

Assez. — Vous allez dire à M. Maurice qu'il m'est impossible de le recevoir...

FRANCINE.

Comme ça, tout sec? ce pauvre garçon !

ANDRÉE, redescendant un peu.

En effet... Tu me sembles un peu bien cruelle pour lui... Le congédier de cette façon!

ÉDITH.

Mais il me semble...

ANDRÉE.

A ta place, je voudrais au moins, savoir ce qui le ramène?...

ÉDITH, riant.

Oh! ce n'est pas difficile à deviner...

ANDRÉE, à Francine.

Faites-lui prendre patience un moment encore...

FRANCINE, à demi-voix et clignant de l'œil.

Bon!

ANDRÉE, souriant.

Je vais plaider sa cause.

FRANCINE, s'en allant, à part.

Oh! il patientera... Il patiente volontiers... avec moi!...

Elle sort.

SCÈNE VIII

ÉDITH, ANDRÉE.

ÉDITH.

Je ne te comprends plus... Comment! toi qui me recommandais tout à l'heure?... Tu voudrais que je reçusse de nouveau ce jeune homme?

ANDRÉE.

Mon Dieu... pourquoi pas?

ÉDITH.

Pourquoi pas, est sublime... Et les convenances, ma

chère!... Une première fois, passe... mais une seconde, ce serait l'autoriser à croire des choses... Ces messieurs sont tellement infatués de leur mérite... Et puis à te parler franchement, il est très aimable ce jeune fou... et...

ANDRÉE.

Et tu n'es pas plus brave qu'il ne faut?...

ÉDITH.

Dame.

ANDRÉE.

Comment est-il donc, cet irrésistible?

ÉDITH.

Mais il a fort bon air... assez joli garçon... et puis tant d'entrain! Il porte la gaîté avec lui...

ANDRÉE, attentive.

Blond?

ÉDITH, à part.

Est-ce qu'elle veut faire son portrait?... (Haut.) Brun... Taille moyenne... Vingt-huit ans...

ANDRÉE.

Et tu dis qu'il s'appelle Maurice?...

ÉDITH, à part.

Encore!... (Haut et d'un ton léger, tout en observant à la dérobée le visage d'Andrée.) Adrien Maurice... Maurice Adrien... Je ne me rappelle pas au juste, mais il paraît que dans ses moments perdus, il est avocat...

ANDRÉE, s'oubliant.

Avocat! c'est bien lui!...

ÉDITH.

Tu le connais?

ANDRÉE, troublée, et essayant de se donner l'air indifférent.

Moi... Je... Non, pas positivement... Je dois le connaître. Il me semble l'avoir rencontré dans le monde... mais bien certainement, j'en ai entendu parler.

ÉDITH, sans cesser d'observer Andrée.

Ah! En bien ou en mal?

ANDRÉE, avec embarras.

Mais... comme d'un homme charmant... d'un homme de bonne compagnie... (Elle rit nerveusement.) Et je crois que tu peux, sans te compromettre, consentir à le recevoir...

ÉDITH, riant.

Tu y tiens?

ANDRÉE.

Dans ton intérêt... s'il te plaît, si tu lui conviens... (Elle rit.) qui sait? Il a peut-être l'étoffe d'un mari...

ÉDITH.

J'en doute.

ANDRÉE.

A ta place, je serais curieuse de m'en assurer?...

ÉDITH.

Le moyen?

ANDRÉE.

C'est bien simple... Tu lui dis, que tu n'as pas voulu être sans pitié, cette fois, mais que pour lui éviter, à l'avenir, de se morfondre inutilement dans ton antichambre, tu te vois obligée de l'avertir que ta porte lui sera désormais fermée, ses assiduités pouvant être mal interprétées...

ÉDITH, riant.

Ah! ah! ah! Il insistera... Tu ne le connais pas...

ANDRÉE, cherchant.

Tu ajouteras alors, que dans ta situation, tu es tenue à une grande réserve, et que tu ne recevras dans ton intimité, qu'un homme... dont les sentiments seront bien définis et qui n'aura, enfin, d'autre ambition que celle d'obtenir ta main...

ÉDITH, observant finement Andrée.

Tiens... Oui... C'est une idée!...

ANDRÉE.

S'il hésite... S'il se dérobe... S'il tergiverse, tu seras fixée, et tu le congédieras...

ÉDITH.

Et s'il accepte?

ANDRÉE, prise de court.

S'il accepte!... (Se remettant et riant de même que précédemment.) S'il accepte, tu verras ce que tu auras à faire... Mais tu peux être tranquille!

Elle rit de nouveau.

ÉDITH demeure une seconde pensive, puis elle rit franchement.

Un ultimatum!... Le mariage... ou la porte...

ANDRÉE.

Ne vaut-il pas mieux être fixée?

ÉDITH, riant toujours.

Certes!... Et puis ce sera très amusant de mettre Don Juan au pied du mur...

ANDRÉE.

Alors, c'est chose convenue?

ÉDITH.

Oui.

ANDRÉE.

A merveille... Et... Comme ton petit roman m'intéresse beaucoup, et que je suis très curieuse d'en connaître le dénouement... j'accepte ton invitation; je reste à dîner avec toi.

Elle défait son chapeau et le place sur la cheminée.

ÉDITH.

Bravo! mais tes Brizerolles?

ANDRÉE.

Je vais écrire un mot... Je prétexterai la migraine traditionnelle...

ÉDITH, ouvrant la porte de droite.

Entre là. Tu trouveras sur mon petit bureau, des plumes, du papier... et peut-être même de l'encre...

ANDRÉE.

Merci... Et bonne chance!

SCÈNE IX

ÉDITH, seule, puis FRANCINE.

ÉDITH, revenant sur ses pas.

Elle voulait partir, et elle reste... Elle reste... pour savoir le dénouement de l'équipée galante de ce monsieur Maurice... Maurice! un nom qui ressemble fort à un prénom... (Elle fait quelques pas.) Et tout à l'heure, ce trouble... Cette amertume contenue en me parlant de... Mais c'est clair... Elle croit reconnaître son... Ah! mais il faut que je sache, moi! (Appelant.) Francine! (Francine paraît.) Faites entrer monsieur Maurice.

FRANCINE, ravie.

Madame consent? Madame a bien raison... Il était capable de patienter jusqu'à demain matin!

Elle sort en riant.

ÉDITH, seule, une seconde.

Ah! maître Maurice, vous vous permettez de?... Nous allons vous remettre au pas, messire... Et promptement!

FRANCINE, faisant entrer Maurice.

Vous pouvez entrer, monsieur... (Bas.) Pas de cascades!

Elle disparaît.

SCÈNE X

ÉDITH, MAURICE.

ÉDITH, à Maurice qui s'incline.

Je suis surprise, monsieur, de l'insistance que vous mettez à forcer ma porte, lorsqu'il avait été convenu...

MAURICE.

Ne me condamnez pas sans m'entendre, madame... (Lui tendant un papier.) Voici mon excuse...

ÉDITH, prenant le papier et le regardant.

Une baignoire, pour les Français !

MAURICE.

Vous m'aviez paru tantôt regretter de ne pas assister à la représentation de ce soir...

ÉDITH.

Comment avez-vous pu ? Il ne restait rien au bureau, ni aux agences...

MAURICE.

J'ai été inspiré, madame... Je me suis souvenu de mon ami Bourtibourg.

ÉDITH.

M. Bourtibourg !

MAURICE.

Vous le connaissez ?

ÉDITH.

Je crois bien !... C'est mon agent de change.

MAURICE, à part.

On a un agent de change... (Haut.) C'est juste : Bourtibourg est l'agent de toutes les jolies femmes... Il est dans le train, Bourtibourg...

ÉDITH, ne comprenant pas.

Dans le train ?

MAURICE.

Oui... Dans le mouvement... le mouvement parisien... Mais alors ? voilà mon répondant tout trouvé... Je puis considérer la signature de Bourtibourg comme...

ÉDITH, l'interrompant.

Nous examinerons cela plus tard... Veuillez d'abord achever de m'expliquer ?...

Elle lui montre le coupon et s'assied.

MAURICE, *tirant une chaise.*

C'est limpide, madame... Bourtibourg avait loué cette loge pour ce soir.. Il m'y avait même offert une place.

ÉDITH.

Alors c'est à lui que je dois ?

MAURICE.

Vous ne lui devez rien... Bourtibourg, outre sa charge d'agent de change, possède encore, à Marseille, la charge d'une belle-mère riche, mais insupportable. En sortant de chez vous, j'ai expédié à Bourtibourg une dépêche ainsi conçue : « Belle-mère très malade, accourez. ».

ÉDITH, *se retenant pour ne pas rire.*

Oh ! monsieur !...

MAURICE.

Un moment après, je me présente chez lui. Il se jette dans mes bras et s'écrie : Enfin !... le ciel est donc juste !

ÉDITH, *riant.*

Est-il possible !

MAURICE.

Je l'aide à faire sa malle... Il me cède sa loge... Je le conduis au chemin de fer. (*Regardant sa montre.*) Il doit approcher de Dijon !... à l'heure qu'il est.

ÉDITH, *riant.*

C'est abominable, monsieur !...

MAURICE, *avec une compassion comique.*

Ce pauvre ami ! Quelle douce surprise demain matin !...

ÉDITH, *riant toujours.*

Le plus heureux des gendres !...

MAURICE.

J'espère, madame, que vous daignerez maintenant accepter ?...

(*Elle se lève.*)

ÉDITH, *hésitant.*

Je ne sais vraiment si je dois ?...

MAURICE, se levant d'un bond.

Comment ! si vous devez ? Alors que pour vous procurer ce chiffon de papier, je n'ai pas hésité, moi, à commettre un crime... Car enfin, j'ai tué la belle-mère de Bourtibourg, madame !

ÉDITH, gaiement.

C'est quelque chose sans doute... mais.. (Elle va regarder la pendule et passe à gauche.) Il est tard déjà, et je ne trouverais plus personne pour m'accompagner...

MAURICE.

Eh bien... et moi, madame ?

ÉDITH, à part.

Nous y voilà... (Haut.) Vous, monsieur ?

MAURICE, d'un ton insinuant.

Un tout petit coin dans l'ombre... Je ne me montrerai pas...

ÉDITH, comme indécise.

Ce serait un moyen, en effet !...

MAURICE, à part.

Elle faiblit ! (Haut.) Et si vous le vouliez, madame... pour que mon bonheur fût complet ?

ÉDITH, railleuse.

Nous retournerions souper chez la princesse d'Aranda ?

MAURICE, se risquant peu à peu.

Faisons mieux... dînons ensemble... ensemble.. au Café Anglais ? En cabinet particulier ?...

ÉDITH, stupéfaite.

Dîner avec vous !... En-tête à-tête ?...

MAURICE, triomphant.

Il y aura des primeurs !...

ÉDITH, prise de fou rire.

Ah ! ah ! ah ! Il y aura ?... ah ! ah ! ah !

MAURICE, ravi.

Vous acceptez ?

ÉDITH, se calmant et reprenant un ton sérieux.

Vous oubliez, monsieur, que je vous vois aujourd'hui pour la seconde fois... que je vous connais à peine...

MAURICE.

Vous connaissez Bourtibourg !

ÉDITH.

Je connais Bourtibourg... Je connais Bourtibourg... c'est possible, mais ce n'est pas suffisant pour que vous m'accompagniez au théâtre, et pour que je dîne avec vous, en cabinet particulier !

MAURICE, à part, agacé.

Oh ! non, trop de manières... (Haut.) Cependant, madame...

ÉDITH.

Il n'y a pas de cependant. — Si j'acceptais votre proposition... fantaisiste, je serais absolument compromise...

MAURICE, vivement.

Nous prendrons d'ingénieuses précautions... Vous serez voilée comme une femme de l'Orient... Vous entrerez par la rue de Marivaux. Vous demanderez le cabinet de monsieur Maurice... Ernest vous l'indiquera... Je suis connu dans la maison...

ÉDITH, reprise de gaîté.

Ah ! vous ?...

MAURICE, achevant.

Et le soir, à la sortie du théâtre, vous trouverez un coupé qui vous attendra...

ÉDITH, se moquant de plus belle et paraissant céder.

Un coupé !... Ah ! Vous m'en direz tant !...

MAURICE, avec empressement.

C'est entendu?

ÉDITH, cessant de rire.

Allons, monsieur ! Tout ceci n'est pas sérieux, réflexion

faite, je vous prie de reprendre cette loge, et d'agréer tous mes remerciements...

MAURICE, *désorienté.*

Comment, madame?

ÉDITH, *à part.*

Frappons le grand coup... (*Haut et appuyant sur ses mots.*) Ma situation exceptionnelle m'oblige à la plus grande circonspection... On a les yeux sur moi, et la démarche la plus innocente pourrait être mal interprétée... Enfin, monsieur... je ne saurais me montrer en public, qu'au bras de l'homme... qui devra être mon mari.

MAURICE, *à part, avec une explosion de gaîté.*

La toquade du mariage... Ouh! ouh!... Elle s'adresse bien!...

ÉDITH, *chiffonnant ses dentelles.*

C'est là une perspective qui ne saurait plaire à tout le monde...

MAURICE, *galamment.*

Et pourquoi cela, madame? Cette perspective n'a rien que de très séduisant.

ÉDITH, *coquette.*

Est-ce pour les autres, ou pour vous, que vous parlez?

MAURICE.

Mais... pour moi, encore plus que pour les autres.

ÉDITH, *étonnée.*

Quoi!... sérieusement le seul mot de mariage, ne vous fait pas peur?

MAURICE, *vivement.*

Peur!... Moi!... Un mariage avec vous?... Mais ce serait le comble de mes vœux... Vivre à vos côtés!... Sous le même toit... dans le rayonnement de ces perfections harmonieuses... Mais c'est habiter le calice d'une fleur, en respirer le parfum... en boire la rosée... C'est un logement au paradis (*A part.*) côté de Mahomet. (*Haut avec feu.*) Je demande à emménager, madame!...

ÉDITH, souriant.

Les yeux fermés... sans plus ample information?...

MAURICE.

Eh, madame!... que pourrais-je apprendre que je n'aie déjà deviné?...

ÉDITH, avec modestie.

Ah! Monsieur... (A part.) Il est donc libre!... Je me suis trompée!... Mais alors!... je me suis bien avancée... moi!...

MAURICE, à part.

Elle se consulte.

ÉDITH, cherchant ses mots et très embarrassée.

Je vois, monsieur, que vos intentions sont ce qu'elles doivent être... J'en suis fort touchée... Mais... vous devez comprendre que j'ai besoin de réfléchir... de... d'examiner... de consulter mon oncle l'amiral.

MAURICE, à part.

Ah! oui... l'amiral suisse!

ÉDITH, à part.

Car enfin, je ne suis pas décidée du tout, moi!

MAURICE.

Qu'à cela ne tienne, madame! prenez votre temps. (A part.) Elle m'amuse... (Haut.) Seulement, vous n'avez plus aucune raison de ne pas céder à ma prière...

ÉDITH, cherchant.

Votre prière... laquelle, monsieur?

MAURICE.

Ce dîner?

ÉDITH, reprenant sa gaîté.

Ah! ah! ah! Je l'avais oublié... Vous y tenez donc beaucoup?

MAURICE.

Plus que jamais!

ÉDITH.

Eh bien, monsieur, je consens à dîner avec vous?

MAURICE, ravi.

Ah! madame!

ÉDITH.

Je n'y mets qu'une condition?

MAURICE.

Tout ce que vous voudrez!

ÉDITH.

C'est que nous dînerons ici...

MAURICE.

Chez vous?

ÉDITH.

Chez moi!

MAURICE.

Soit, madame. Je vais faire apporter du Café Angl...

ÉDITH, l'interrompant.

Inutile... Mon dîner est prêt.

MAURICE.

Cependant, mad....

ÉDITH, souriant.

Oh!... Il y aura des primeurs.

Elle sonne et remonte un peu à gauche.

MAURICE, s'incline, et à part.

Un agent de change et un cuisinier!... L'amiral fait bien les choses!...

Francine paraît.

SCÈNE XI

LES MÊMES, FRANCINE.

ÉDITH.

Francine! Vous mettrez un troisième couvert...

FRANCINE, riant.

Bien, madame !

MAURICE, bondissant, et en même temps que Francine.

Un troisième couv...? Un banquet alors !

FRANCINE, à part s'en allant.

Veinard ! va !

SCÈNE XII

ÉDITH, MAURICE.

MAURICE, très vexé.

Comment, madame, nous ne dînerons pas seuls !... vous avez un invité?

ÉDITH, le reprenant.

Une invitée... Une amie charmante, qui se figurait même vous connaître... (Allant vers la porte.) Je vais vous la présenter... (Allant à gauche.) Comme cela, elle sera tout à fait rassurée... (Appelant.) Viens-tu, chérie?

MAURICE, à part, ennuyé.

Pourvu que ce ne soit pas Alice... ou Estelle... ou Jenny... ou...

SCÈNE XIII

LES MÊMES, ANDRÉE, paraissant à gauche.

MAURICE, apercevant Andrée et sautant.

Sapristi ! C'est ma femme !

ÉDITH, indiquant Andrée à Maurice, immobilisé.

Madame Andrée Taverny !... Ma meilleure amie de pension... (Présentant Maurice à Andrée qui le regarde fixement sans manifester d'étonnement.) Monsieur Adrien Maurice, dont nous parlions tantôt... et qui nous fait le plaisir de dîner avec nous.

ANDRÉE.

Ah! monsieur dîne?...

MAURICE, à part.

Le dîner des funérailles!

ÉDITH, à Andrée.

Reconnais-tu monsieur? Est-ce bien lui que tu croyais avoir rencontré?

ANDRÉE, très ironique.

J'ai rencontré monsieur, en effet; je m'en souviens parfaitement.

MAURICE, à part.

Je voudrais bien m'en aller!... moi!

ÉDITH, à Andrée.

J'ai suivi ton conseil... Je me suis éclairée sur ses intentions.

MAURICE, bas à Édith.

De grâce, madame!... (A part.) Quelle situation, mon Dieu!

ÉDITH, à Maurice, sans l'écouter.

Oh! Nous n'avons pas de secrets l'une pour l'autre (A Andrée.) Je te disais donc que monsieur aspire à occuper ici, une place restée vacante.

MAURICE, à part.

Aïe!

ANDRÉE, en même temps.

Tu dis?

ÉDITH.

Je dis qu'il vient à l'instant de me demander ma main!

ANDRÉE, avec une explosion de gaîté forcée.

Monsieur t'a demandé?... Ah! ah! ah! C'est admirable!

ÉDITH, étonnée.

Cela te fait rire?

ANDRÉE, riant beaucoup.

C'est que c'est si drôle... Ah! ah! ah! Non, tu ne peux pas t'imaginer à quel point...

MAURICE, à part, avec mélancolie.

Ah! je me suis mis dans un joli guêpier, moi!

ANDRÉE, de plus en plus nerveuse, et riant toujours.

Je te félicite, ma chère... d'avoir inspiré une passion... si prompte!... et surtout si... si sincère!...

ÉDITH, interloquée.

Oh! pour la sincérité... (A Maurice.) Mais parlez donc, monsieur... répétez à madame...

ANDRÉE, vivement.

Inutile! Monsieur ne me dirait rien que je ne comprenne à merveille : Tu es jeune, tu es jolie, tu es riche... monsieur, de son côté, est libre... indépendant.. Il ne doit compte de ses actions qu'à lui-même... Il n'est retenu par aucun lien...

ÉDITH, toisant Maurice.

J'ai tout lieu de le croire...

MAURICE, suppliant et empêtré.

Mon Dieu, madame...

ANDRÉE, avec ironie.

Oh! je me porte garant de l'honorabilité de sa parole... et tu peux compter que tu auras en lui, un mari exceptionnel... (S'animant.) Il comprendra ce qu'il doit à sa femme de tendresse, de dévouement... de protection... Ce n'est pas lui qui t'abandonnerait... Ce n'est pas lui qui déserterait ses devoirs... Il ne te coûtera ni un regret... ni un chagrin... ni une larme!... (Avec un grand éclat de rire qui se termine dans un sanglot.) Ah ! ah ! ah ! Ma chère Édith !... quelle heureuse femme tu seras !...

ÉDITH, s'élançant.

Andrée ?...

MAURICE, à Andrée, avec émotion.

Andrée !... Ma chère femme !

ANDRÉE, passant devant lui.

Que me voulez-vous, monsieur ? Je ne vous connais pas... Vous êtes M. Maurice... et je suis madam Taverny...

Elle va prendre son chapeau.

ÉDITH.

Que fais-tu ?

ANDRÉE.

Je te laisse avec ton prétendu.

MAURICE, à Édith.

Ah ! madame !

ÉDITH.

Fi ! monsieur... C'est indigne !

MAURICE, courant à Andrée et cherchant à la ramener.

Non ! tu ne t'en iras pas ainsi... Je vais faire des aveux... beaucoup d'aveux : Oui, je suis un grand fou... un scélérat... un misérable... mais...

ANDRÉE.

Laissez-moi, monsieur !

MAURICE, la retenant, et très ému.

Mais enfin tout ceci n'est qu'une folie sans conséquence !...

ÉDITH, piquée.

Ne vous gênez pas, monsieur, je vous en prie !...

MAURICE, entre les deux femmes. A Édith.

Non, madame, je ne me gênerai pas !

ÉDITH, vivement.

Hein ?

MAURICE, très agité.

Pardon ! Je voulais dire... Quelle situation !... Je voulais dire qu'il y a des circonstances atténuantes...

ANDRÉE, protestant.

Oh !

ÉDITH, furieuse et en même temps qu'Andrée.

Par exemple !

MAURICE, à Andrée.

C'était dans une fête vénitienne... très vénitienne où d'ordinaire...

ÉDITH, lui coupant la parole.

Nous savons cela. Passons !

MAURICE.

Oui, passons... Un hasard malheureux...

ÉDITH, vivement.

Comment, malheureux ?

MAURICE, éperdu.

Ai-je dit malheureux ? Quelle situation !... (A Andrée.) Enfin, je n'ai pas de chance... La seule femme honnête de cette réunion, se trouve justement être ma voisine...

ÉDITH, avec colère.

Eh !...

MAURICE, à Andrée.

Et pour comble d'infortune... il faut qu'elle soit adorable !... car enfin, (A Édith.) vous ne pouvez pas nier ?... (A Andrée.) n'est-ce pas ? Elle ne peut nier ? Elle est adorable ?...

Andrée toujours sérieuse, fait un signe d'adhésion

ÉDITH, désarmée, riant.

Quel fou !

MAURICE.

Donc : Contre moi (Montrant Édith.) : une sirène La musique... les fleurs... les parfums... toutes les ivresses...

Et pour résister : La seule vertu d'un faible mortel. La mienne !... Je confesse qu'elle a chancelé...

Andrée ne peut s'empêcher de sourire.

MAURICE, reprend.

Chancelé... seulement. (A Édith.) Madame peut l'affirmer... (Prenant les mains d'Andrée qui résiste faiblement.) C'est trop, j'en conviens... mais que veux-tu ! on s'étourdit... on perd la tête... on débite un tas de choses qu'on ne pense pas !

ÉDITH.

Dites donc, malhonnête !...

MAURICE, à Édith, se reprenant.

Je veux dire qu'on les pense...

ANDRÉE, pincée.

Fort bien, monsieur !

MAURICE, vivement, à Andrée.

Quand on les dit.

ANDRÉE.

Et quand on les répète ?...

MAURICE.

C'est qu'on s'est trop avancé.

ÉDITH, avec malice.

Mais le cœur n'y est pour rien ?

MAURICE.

Absolument... C'est-à-dire...

ÉDITH, gaîment.

Il faudrait opter !

MAURICE.

Soit ! (D'un ton tragique.) Je déclare (Montrant Edith.) que madame serait à mes pieds...

ÉDITH, riant.

Oh ! oh !

MAURICE, continue.

Suppliante, échevelée.... m'implorant...

ÉDITH, se récriant.

Permettez... permettez...

MAURICE, à Andrée.

Je lui résisterais ! (Bas, à Édith.) Essayez seulement ! (A Andrée reprenant.) Oui, je lui résisterais... dût-elle m'assassiner !

ÉDITH, éclatant.

Il est épique !

Andrée, gagnée, rit aussi.

MAURICE, se précipitant à ses genoux.

Andrée ! chère Andrée !... Tu as ri !... Tu me pardonnes !...

ANDRÉE, lui abondonnant ses mains.

Vous ne le méritez guère !...

SCÈNE XIV

LES MÊMES, FRANCINE.

FRANCINE, entrant au fond, et apercevant Maurice aux pieds d'Andrée.

L'autre aussi ! Quel viveur!... (Haut.) Madame est servie !

ÉDITH, à Maurice, et montrant la salle à manger.

Allons ! futur martyr de la fidélité conjugale, le bras à votre femme...

MAURICE, s'inclinant devant Édith.

Puis-je espérer, madame, que vous daignerez oublier ?...

ÉDITH, lui tendant la main.

Tout ! mais... n'y revenez plus !

Maurice baise la main d'Edith.

ANDRÉE, avec un sourire.

Nous sommes trop indulgentes !

ÉDITH.

Que veux-tu, ma chère ! Il a mis *Les Rieuses* de son côté...

FIN

Imprimerie générale de Châtillon-sur-Seine. — A. Pichat

« ALLO ! ALLO ! » comédie en un acte, par Pierre Valdagne (Vaudeville), in-18 . . . . 1 50

LA MAISON DES DEUX BARBEAUX, comédie en 3 actes par A. Theuriet et H. Lyon (Odéon) in-18. . . . 2 fr.

MAL AUX CHEVEUX, comédie en un acte, par Ernest d'Hervilly (Palais-Royal), in-18 . . . . 1 50

LE MARIAGE A LA COURSE, saynète en un acte, par Piere Decourcelle in-18 . . . . 1 »

MON FILS, pièce en trois actes, en vers, par Emile Guiard Odéon), in-8 . . . . 3 50

LES NOCES DE MADEMOISELLE LORIQUET, comédie en trois actes, par E. Grenet-Dancourt (Cluny), in-18. 2 »

LE PÈRE DE MARTIAL, comédie en 4 actes, par Albert Delpit (Gymnase) in-18. . . . . 2 »

POUR DIVORCER, comédie en un acte, par Victor Dubron, in-18 . . 1 50

LA PREMIÈRE DU MISANTHROPE, comédie en un acte, en prose par A. Ephraïm et A. Aderer (Odéon), in-18. . . . . 1 50

PRÊTE-MOI TA FEMME, comédie en deux actes en prose, par Maurice Desvallières (Palais Royal), le 10 septembre 1883, in-18 . . . . 1 50

LE PRÉTEXTE, comédie en un acte, en prose, par Jules Legoux, (Vaudeville), in-18 . . . . 1 50

SERGE PANINE, pièce en cinq actes, par Georges Ohnet (Gymnase), in-18 . . . . 2 fr.

SMILIS, drame en quatre actes, en prose, par Jean Aicard (Comédie-Française), in-18. . . . . . 2 fr.

TOUJOURS ! comédie en un acte, par Ch. de Courcy (Comédie Française), in-18 . . . . 1 50

LES TRIBULATIONS D'UN ESCULAPE, vaudeville en un acte, en prose par Gaston Briet et Cerfbeer (Menus-Plaisirs), in-18 . . . . 1 50

UN CRANE SOUS UNE TEMPÊTE, saynète par Abraham Dreyfus (Gaîté), 2e édition, in-18. . . . . . . 1 fr.

AU CLAIR DE LA LUNE, revue en quatre actes et huit tableaux, de MM. H. Monréal, H. Blondeau et G. Grisier (Menus-Plaisirs), in-18 . 2 fr.

PÊLE-MÊLE GAZETTE, revue en quatre actes et sept tableaux, de MM. H. Blondeau, H. Monréal et G. Grisier (Menus-Plaisirs), in-18. . . . 2 fr.

L'ASSASSIN, comédie en un acte, par Edmond About (Gymnase), in-18 1 50

UNE MATINÉE DE CONTRAT, comédie en un acte, par Maurice Desvallières (Comédie-Française). . . . 1 50

L'HÉRITIÈRE, comédie en un acte, en prose, par E. Morand (Comédie-Française), in-18. . . . . 1 50

L'AFFAIRE CERISIER, comédie en un acte, par Léon Muller (Cluny), in-18 . . . . 1 50

BRUNE ET BLONDE, comédie en un acte, par Albert Lambert (palais du Trocadéro), in-18. . . . 1 50

A L'ESSAI, comédie en un acte, par A. Cahen et G. Sujol (Fantaisies-Parisiennes), in-18. . . . . . 1 50

L'ATHLÈTE, comédie en un acte, en vers, par R. Palefroi (Odéon), in-18. 1 50

ENTRE AMIS, comédie en un acte, par Ludevic Denis de Lagarde (Gymnase), in-18. . . . . 2 fr.

BIGOUDIS, comédie en un acte d'Ernest d'Hervilly (Gymnase) in-18. . 1 50

LA BONNE AVENTURE, opéra-bouffe en trois actes, par Emile de Najac et Henri Bocage, musique d'Emile Jonas (Renaissance), in-18 . . 2 fr.

MATAPAN, comédie en trois actes, en vers, par Émile Moreau, in-18. 2 fr.

LA CICATRICE, comédie en un acte par Philippe de Massa, in-18. . . 1 50

LES CONVICTIONS DE PAPA, comédie en un acte, par E. Gondinet (Palais-Royal et Gymnase), in-18. . 1 50

DIVORCÉS ! comédie en un acte et en vers, par L. Cressonnois et Ch. Samson, in-18 . . . . 1 fr.

DIVORÇONS-NOUS ? comédie en un acte, par E. Grenet-Dancourt (Cluny), in-18. . . . . 1 fr.

LA FEMME, saynète en un acte, par E. Grenet-Dancourt (Palais-Royal), in-18. . . . . 1 fr.

GIBIER DE POTENCE, comédie-bouffe en un acte, par Georges Feydeau. (Concert-Parisien), in-18 . . 1 50

LA GIFLE, comédie en un acte, par Abraham Dreyfus (Palais-Royal), in-18 . . . . 1 50

HAMLET, drame en vers, en cinq actes et onze tableaux, d'après William Shakespeare, par MM. Lucien Cressonnois et Ch. Samson (Porte-Saint Martin). In-18 . . . . 2 fr.

IMPRIMERIE GÉNÉRALE DE CHATILLON-SUR-SEINE. — A. PICHAT.

www.ingramcontent.com/pod-product-compliance
Ingram Content Group UK Ltd.
Pitfield, Milton Keynes, MK11 3LW, UK
UKHW020433230726
13925UKWH00004B/1714

9 782019 219451